바람은 아름다워라

바람은 아름다워라

한영호 두 번째 시집

대양미디어

설레이며, 또 한 권의 시집을

갑오년 새해가 시작한 지 엊그제 같은데 벌써 입춘이 지나고 창밖은 봄을 시샘하듯 눈이 내리고 있습니다.

봄이 오면 설레는 마음은 어떤 계절처럼 새로운 기대와 희망에 차 있습니다.

저의 첫 시집 『별빛은 강물 되어』는 많은 분들께서 사랑과 격려를 주셔서 송구스러움과 함께 큰 힘이 되었습니다.

이번, 둘째 시집 『바람은 아름다워라』를 출간하게 되었습니다.

글을 쓰면서, 성원하여 주신 고향의 지인知人과 고절한 생각을 나누어 온 은인恩人분을 작품 속에서나마 그 면면을 표현하였습니다.

책을 내면서 기억하고 감사해야 할 분들이 거듭거듭 생각이 납니다.

좋은 사진 작품을 제공해 주신 송인석 작가님, 나의 시詩를

작곡하여 노래로 만들어 주신 이동훈·이재성 선생님, 그리고 기꺼이 해설을 맡아주시고 늘 시작詩作을 지도해 주신 문학박사 오양호 교수님께 깊이 감사드립니다.

시집의 멋진 장정과 편집으로 더욱 시를 빛내주신 대양미디어 서영애 대표님과 정영하 편집실장님께 고마움을 표합니다.

그동안 나의 부족함을 채워주고 언제나 힘이 되어준 아내와 자랑스러운 아들 승범에게 항상 고마움과 사랑하는 마음을 함께 전합니다.

2014년 2월 눈 내리던 날
광명 隅居에서
지은이 씀

| 차 례 |

제 1 부

**바람은
아름다워라**

제 2 부

**가을날
너의 모습**

제 3 부

너를 위한
기도

제 4 부

창가에서

제 1 부

바람은 아름다워라

아이야

눈부신 아침 햇살이 대지를 비추는구나

이 아름다운 초여름에
오랫동안 못 본 너의 모습 눈에 선하다

꽃밭엔 옥잠화가 싱그럽게 넘실거리고
벌 나비는 한가로이 꽃 사이를 오고 가며

산기슭 사이로 불어오는 산들바람에
파란 하늘과 숲 사이로 새들의 노래가 들린다

아이야

조금만 기다렸다 비가 오거든
채송화, 봉숭아, 맨드라미를 꽃밭에 심어

그 꽃들이 활짝 피울 수 있도록
날마다 정성스럽게 가꾸어 가자

그리고

가끔 누군가 그립거나
외롭고 힘들어 지쳐있을 때

그들과 꽃밭에서 차를 마시며
고단했던 삶들이 희망으로 다시 꽃피우게

우리의 정성과 사랑을 가득 담아
기도하고 아름다운 노래를 불러주자

모두가 평화로운 세상에서
정을 나누며 오순도순 방긋거리며 살자.

사랑해

늘 불러보는 말 사랑해

가까이 있을 때도
멀리 떨어져 있을 때도

언제 들어도
싫지 않은 말 사랑해

나를 언제나
행복하게 해주는 말 사랑해

기쁠 때도
슬플 때도

내 곁에 있어서
행복한 말 사랑해

세상에서 가장 좋은 말
내 일생에서 갖고 싶은 말

나를 사랑해
당신을 사랑해

우리 모두 사랑해.

봄 손님

눈보라가 지나간 자리
새로 찾아온 손님을
반갑게 맞이하고 싶다

늘 신선한 바람과
뭔지 알듯 모를 듯
신비로움을 간직한
아지랑이와 함께 온 손님

네가 온다는 소식에
모두 얼굴에 미소로 가득하다

풍선처럼 떠오른
설레는 마음도 이런 느낌이겠지.

한여름

매미도
낮잠 자는 무더운 여름
어떤 처방도 듣지 않는 불볕더위다
더위 피할 이런저런 궁리도
흐르는 땀으로 주체할 수 없다
선풍기 바람도 이긴 더위
에어컨 바람으로 맞서보아도
대지의 열기 앞엔 힘이 밀린다
사랑의 불도 이처럼 덥다면
매미처럼 나무그늘에서
그대와
포근히 잠들었으면 좋겠네.

민들레

어딜 가나 흔하다고
천하게 생각지 말라
민들레가 예사로운 꽃이더냐

어디로나 떠돈다고
가볍게 보지 말라
방랑하는 나그네도 다 뜻이 있다

하얀 내 얼굴은 희망의 봄빛이 되고
홀씨는 메마른 영혼에 사랑의 씨앗 되리니
예쁘진 않지만, 가슴엔 꿈으로 가득 하다오

사랑하는 그대여!

산, 들 어디서나 희망으로
척박한 환경에도 억척스럽게 뿌리내려
실패와 좌절에서 떨쳐 일어나 성공의 싹을 틔우자

언젠가는
그대가 옆에 있음에 행복했노라
웃으며 살아갈 이 땅의 민들레야.

들꽃에서

인생은 저마다 삶의 이정표가 있듯이
들꽃도 저마다 태어난 목적대로 산다

심한 목마름엔 한 방울 이슬로 연명하고
장마철엔 들꽃은 흔들림 없이 잘 꾸려간다

지혜는
눈과 손 발끝으로 보고 느낌에서 오는 것

들꽃처럼 먼 안목으로

하늘과 땅, 자연의 순리대로
잠시도 게으름 없이 부지런히 사는 것

자연의 들꽃에서 진리를 배운다.

사랑이란

사랑이란
갓난아기의 해맑은 웃음이며
언제 보아도 사랑스럽고 예쁜
아기의 행복한 신비로운 선물이다

사랑이란
청년의 갓 버무린 김치맛이라면
중년의 잘 익은 젓갈 맛이고
노년의 구수하고 맛깔난 된장국이다

사랑이란
언제나 설레고 아름답지만
부끄러움을 먹고 사는 홍당무이고
달빛에서 만들어진 영롱한 이슬이다

사랑이란
무쇠처럼 뜨거운 열정의 불꽃이며
온돌처럼 따뜻하고 포근한 가슴에
식을 줄 모르는 인내의 선물이다

사랑이란
예측할 수 없는 날씨처럼
끝없는 사막에서 뜨거운 불볕더위며
태풍의 거센 비바람에 꺾이지 않고
시련을 견디어 낸 승리의 메달이다

사랑이란
밤하늘을 떠다니는 유성처럼
벌 나비같이 향기로운 꽃을 찾으러
자유로운 이상향의 세계를 꿈꾸었던
마음속에 간직한 삶의 성장 통이다

사랑이란
평생을 살아오는 노부부처럼
애틋한 정을 나누며 삶의 동반자로
서로 의지하며 욕심 없이 살다가
노을 위로 날아가는 기러기같이
미지의 세계로 함께 가는 여정이다.

나무처럼

나무가
열매를 버리는 건 마음 비우기래요

많은 것 가지려다
너무 무거워 고통이 커졌습니다

세상살이도
많을수록 좋은 게 아니라
적은 것도 좋다는 게 있습니다

먹성의 욕심을 버리면 몸이 가볍듯이

사랑도
작은 것의 인연이 더 아름답습니다

때가 되면

모든 것 떠나보내는 나무처럼
아름다운 행복을 위해 가진 것 버리면

작은 홀씨가
더 많은 열매되어 행복이 쌓입니다.

갈대

물가에 서 있는
뭍 새들 보금자리

때로는
바람이 부는 대로 흔들린다며
모두가 지조 없다 빈정거려도

넌,
묵묵히 순정을 머금고 속삭이듯 노래 부른다

억센 풍파 모진 고통 다 이겨내며
쓰러지지 않으려고 무던히 애태웠던 지나온 날들

세월 흐르면
고생 끝에 행복이 온다는 바램으로

미래를 그리며
바람과 친구 되어 희망을 속삭이며 미소 지었다.

장미

이렇게 예쁜데
이토록 향기가 좋은데
너에 대해 말이 많으냐?

매우 예뻐서
널 시샘하지만 아무리 보아도
너만 한 얼굴이며 품위는 흔치 않구나

자존심이 강해
몸에 찔려도 아프다 하지 않는 꿋꿋한 모습

진심으로
그 사람을 사랑한다면
장미처럼 아픈 일 있어도 묵묵히 참고 견디는 것.

사랑하는 임이여!

이 꽃을 보세요
매우 예쁘지 않나요?
다섯 꽃잎 한들거리는 이 모습
송이송이 매력이 넘쳐옵니다

사랑하는 임이여!
그대는 무슨 생각을 하시나요

자랑스러운 역사에서
애국애족 정신에서
찬란한 문화유산에서

이 땅의 풍요로운 나라와 자유지요

살다 보면
힘들고 지쳐있을 때
위로와 용기를 주며
언제나 미소 지으며
말없이 우리에게 가르침을 주는 아름다운 꽃

샛별같이 반짝이는
사랑스러운 우리 꽃 무궁화입니다.

난蘭

난
하루에도 몇 번이고
물을 마셔야 살 수 있는데

넌
이슬만큼 목을 축이고 사니까

늘
향기롭고 신선처럼 고고하구나.

안양천

관악산, 수리산에서 시작된 물길
구름산, 도덕산 물줄기 모아
굽이굽이 한강으로 흐르는 안양천

천변의 숲길에는 사람으로 붐비고
자전거 길엔 쉼 없이 꼬리 잇는다

하늘같이 맑은 물길에 잉어 떼 노닐고
나들이 나선 오리가족 물살 가른다

징검다리 건너가면 저기는 서울시
징검다리 건너오면 여기는 광명시

시냇가 사이로 마주 보며 살다 보니
잠시도 떨어져선 못 살 것 같은
다정한 부부 같은 사랑의 이웃입니다

사계절 언제나 시끌벅적거리고
온갖 모습으로 비벼놓은 역동적인 안양천

오늘도
행복을 나르며 유유히 한강으로 흘러간다.

매화 梅花

누구나 예쁘다 합니다
청순하다 말하지요

어지러운 세상에서
꿋꿋하게 살기는 참 어려웠어요

평생을 시기하지 않고
미워하지 않았으며

낮은 마음으로
모두를 사랑하며 삽니다

남에게 보이지 않게
소박한 것을 좋아하며
언제나 미소 지으며

추운 바람에도 흔들리지 않고
내 분수를 지키며 산 덕분입니다

성내거나 탐내지 않고

나에게 오는 고통은
모든 걸 운명이라 생각했습니다

바람이 살며시 지난 뒤 매화는
그래서 더 아름다웠습니다.

바람은 아름다워라

바람은
왜 저토록 꽃을 피워
내 가슴을 설레게 할까

가만히
나를 불러내
홀린 것처럼 미치게 하지만

천둥 치는 날엔
바람에 꽃잎 떨어지면 눈물 납니다

우연히
꽃씨를 날라 준
위대한 마력에 빠져버리고

호젓한 길 걸으며
스치는 생각에 실없이 즐겁다

언제나
바람처럼 보이지 않게 살면서

어쩌다 한번 이룰 수 없는 그 꿈이
무지개같이 바람 타고 온다면

까만 밤을 하얗게 지새운
이 시간을 사랑할 수 있어 좋다.

기다림

기다림은 즐거운 일

누군가를
기다린다는 건

사랑이 있다는 것이며
행복을 바라는 기도입니다

농부가
씨앗을 뿌리고 땀 흘려 일한 뒤
풍성한 수확의 기쁨은 기다림 덕분입니다

기다림은
누구에게 따뜻한 마음을 전해주는
사랑의 온기입니다.

제 2 부

가을날 너의 모습

여름 가고 가을 오고

밤낮으로 울던 매미
어느 날 울음이 뚝 그치고
여름이 지나간 문틈으로
어느새 귀뚜라미가 운다

찬이슬 내리는 가을이면
사람은 이사하고
문풍지도 발라야 하는데
미물들은 어느새 준비를 마쳤다

알면 알수록
신비롭고 놀라운 자연의 세계.

장마

큰 난리가 난 걸까
이틀 동안 개미들이 피난을 간다

보따리 매고 짐을 지고
어디로 멀리 떠나가는지
긴 행렬은 끝이 없다

하찮은
미물도 위험을 대비하는데
인간은 자만심에 불감증으로
늘 자연재해를 당한다

유비무환
미물이 인간보다 한 수 위다.

바다에서

바다는
모든 걸 다 담아주는 마음씨 좋은 친구

우리 인생처럼
그 안에 사는 뭇 생명이
삶의 터전이며 고리로 맺어진 수레바퀴다

무섭게 일렁이는 파도는 전쟁터 같다가
다시 잔잔해져 평화가 오면
웅장하고 아름다운 한 폭의 수채화다

아침의 금빛 물결에 사랑이 밀려오고
낙조처럼 슬픈 이별엔 붉은 빛깔로 비치다
어둠 따라 사라질 땐 한동안 방황도 했다

바다는
영화처럼 그 모습을
생생하게 잘 보여주는 감동의 신비다.

섬島

멀리서 보면 손바닥만 하더니

가까이 와 보니 넓고 크다

논밭이며 저수지 그리고 산

섬은 없는 것이 많다는데

그래도 있을 것 다 있다.

분천역에서

산줄기 갈라진 곳에
시냇물도 나뉘었구나

철암역 열차에서 정들었던 사람
분천역에서 헤어지고
저마다 갈 길로 떠난 나그네지만

가을바람이 깊어가니
능선의 단풍은 아름다운데

곱게 차려입은 단풍 같은
그 사람을 언제 다시 만날까

아쉽고 서운한 맘
그리움이 밀려오지만

인연이란
잠시 떨어졌다 다시 만나는 것

제천으로 간 그 사람이여!

봄바람 불어
아지랑이 피어오르는 어느 봄날에

합천에서 만나길 기대합니다.

반딧불이

언제나 열정이 넘치는 너
조그만 몸매로 그런 힘이 나니?
초롱한 별빛보다 밝은 너
풀숲에서 이슬 마시고
정갈하고 우아한 모습으로
즐거움을 주는 너
그믐달인 오늘 밤
넌
멋지게 춤추는 무대의 주인공이다.

콩나물

이렇게 빽빽한데 잘 자란다
바늘 하나 꽂을 자리 한 곳 없지만
비좁아 머리 숙이고 살아도 불평 한마디 없다

그런데
인간은 말도 많고 탈도 많지!

넉넉한 자리 차지하며
잘 살수록 욕심은 하늘 끝도 부족하다

현실에 만족하며
잘 살면 행복이고 천국이지

무엇을 더 바라는지 알 수 없네.

촛불

이 한 몸 불살라
어둠 밝힐 수 있다면
그 무엇이 두려우랴

사랑도 촛불처럼
불태워 행복할 수 있다면
후회하지 않으리라

희생과 봉사는 촛불 같은 것
살기 위해서 망설이는 것보다

두려움 없이 고난을 무릅쓴
그의 거룩한 희생은 사랑의 촛불이었네.

야간 고속도로

하늘의 무수한 별만큼
차들이 불을 켜고 달려간다
어느 친구가
쏜살같이 내 곁을 스쳐 가더니
곧
별똥처럼 사라져 버렸다

내일 뉴스에 안 나오길 빌었다.

새소리

동트기 전
아침에 일어나면 반가운 첫 손님이다

너의 노래를 창밖에서 들으면
부드러운 바람을 타고 귓전에 맴돌아
즐거움에 잠 깨어나 기지개 켠다

난
알 수 없는 너의 노래지만
기분이 매우 좋아 미소 짓는다

오늘도
이슬 마시고 부르는 청아한 목소리
상쾌한 마음으로 하루의 시작이다.

삶의 별

어디에서 보는 별이 아름다울까?

하늘같이 높은 산
망망대해 짙푸른 바다
들꽃 향기가 만발한 들판
풀벌레 우는 강가에서 바라보는
반짝이는 별이 다 아름답지만

잔잔한 호수 같이 내세움 없고
뭇사람에게 온화한 마음 심어준
떠 있는 별이 눈부시게 아름답다

흔들림 없는 인내심으로
작은 것 하나도 만족하며
소박하게 사는 수많은 삶의 별
잊히지 않는 아름다운 별이다.

먼지

초대하지 안 해도
어느 곁에 살며시 내려앉는다

누구 하나 좋아하지 않는데
때와 장소를 가리지 않고
빈틈으로 어디든 끼어든다

무엇하나 이로울 것 없는 먼지
모두가 싫어하는 해충 같은 것

세상에 먼지가 없다면 얼마나 좋을까

먼지 같은 인간이 득실거려
불법과 피해로 불안한 세상인데

유리처럼 말끔히 청소할 수 있다면
선한 사람이 살기 좋은 세상 될 거야.

가을날 너의 모습

맑은 하늘을 보면
네가 그리워 눈물이 나고
곱게 물든 단풍을 보면
아름다운 너의 모습을 보는 것 같다

시냇물 소리 들으면
너의 목소리 들려오는 것 같고
지저귀는 새소리엔
너의 청아한 노랫소리 듣는 것 같구나

따뜻한 가을의 햇살을 받을 때마다
너의 포근한 마음이 피어오르고
가을바람에 갈댓잎 소리 들리면
너의 부드러운 음성이 날 부르는 것 같다

오늘 내게
찾아온 쪽빛 하늘처럼
언제나 내 마음속엔 널 그리며
먼저 떠오르는 건

가을날 아름다운 너의 모습.

뒷모습

앞보다 뒷모습이 좋다
열심히 땀 흘리며 일하는 모습
온갖 궂은 일하려는 자세
단정한 걸음걸이며
맵시가 소박한 그 모습

잘 보이려고 꾸밈도 없고
가식이 없는 편안한 마음씨
앞모습의 화려함은 없지만
있는듯하면서 보이지 않고
없는듯하면서 소금같이 필요한
선한 모습이 은은하며 좋다

꾸밈 없는 그림자처럼
수수한 그대로 청아함이다
뒷모습이 좋으면 다 아름답다
앞의 수려함보다 뒤의 투박함으로
좋은 일을 묵묵히 실행하는 그 모습.

삶!

세상이 수박 속처럼
겉과 속 다르다 실망하지 말라

살다 보면
어디, 이런 일 한두 번이겠느냐

더 많이
인내로 살면 좋은 일 덤으로 생기는 것

삶을 선하게 숙성시키면
언젠가는 구수한 된장 맛이 나지 않겠소.

제 3 부

너를 위한 기도

항구에서

망망대해서
사는 것도 외로운데
그리운 사람과 헤어져야 하니 더 찡하다

외항선은
예약된 이별을 하는 슬픔이기에 가슴이 멍하다

사랑한다는 말은
애절하고 간절함이 눈물을 만드는 것인가

헤어져서 살아야 하는 고통은
만남과 이별의 삶에는 늘 풀리지 않는 수수께끼다

항구는
석양의 노을 같은 아름다움보다는
떠나는 뱃고동 소리에 이별의 아쉬움을
다음 만남으로 기약하는 애달픈 장소.

소낙비

연일 계속되는 불볕더위면
한바탕 퍼붓는 시원한 소낙비를 기다리듯

때로는
사랑하는 사람도

된더위처럼 뜨거워지다가
시원한 소낙비를 그리워하듯

보고 싶은 사람도 그러한 사랑인 거다.

어디쯤 오고 있나요

하찮은 일로 당신과 헤어졌을 때
머잖아 다시 만날 줄 알았습니다

잠시 떨어져 있으면
시간이 약이 되는 줄 믿었어요

그렇게 기다리면
다시 행복으로 되돌아올 것으로 생각했는데

어느덧

당신을 기다린 지 한두 달
한 해 두 해, 달이 가고 해가 갑니다

사랑하기 때문에 기다리는 것은
미워할 때보다 더 쉬운 줄 알았습니다

세상엔 후회 없는 미련 없듯이
사랑 없는 미련 또한 없습니다

그대여

이젠 내 마음이
다 타들어 가는 촛불처럼 점점 희미해져 갑니다

이대로 기다리다 지치면 영영 잊어버릴 것 같습니다
잊기 전에 어서 오세요

그대는 지금 어디쯤 오고 있나요.

사랑한다면

너와 내가 사랑한다면
바람 불고 비 내려도 걱정이 없어

바람 불면 그 소리에 노래 부르고
비 오면 우산 맞들고 이야기 나누지

사랑의 꽃씨는
바람에 흩날리며 비 맞으며 자라는 거래

뜨거운 태양도
휘몰아치는 폭풍에도 두려움 없이
함께 걸어갈 영원한 동반자가 되는 거야

행복의 꿈동산을 가꾸며

별 보며 기쁨 나누고
달 보며 슬픔 이겨 낼
원앙처럼 영원히 행복할 거야.

사랑은

사랑은 어디에 있나요
하늘에 있나요, 땅에 있나요

보이지 않아 찾을 수 없다면
휘 바람 소리 내어 부를 거예요

그래도 보이지 않아 찾을 수 없다면
그림자 같은 등잔 밑 사랑이겠지요

믿을 수 없어 보이지 않는다면
죽으리만큼 열정의 사랑으로 보여주고 싶습니다

모든 걸 다 보여 줘 그대가 행복하다면
그대와 이런 사랑을 가꾸면서 살고 싶습니다

사랑은
오랫동안 행복해야 할 기쁨이며
소중한 사람의 꿈입니다.

너를 위한 기도

이제는
촛불을 꺼야겠어

아무리 기다려도 오지 않는 널

난, 무작정 기다릴 수 없잖니
무심한 너에게 이젠 지쳐버렸어

사랑은
약속이 중요하잖아

소중한 사랑일수록 더욱 그렇지

하지만 곰곰이 생각해보니
너에겐 아무런 잘못이 없어

그냥
지나간 말을 착각한 내가 바보지

그래도

바람처럼 스쳐 간 것도 인연이라면

난
널 위해 기도할 거야

까만 밤을 하야케 지세 울 때까지
너의 행복을 위한 기도를.

사랑하는 마음 · 1

"난 당신을 사랑합니다"

가끔, 당신은
날 얼마큼 사랑하느냐고 물으면

얼른
"하늘만큼, 땅만큼" 대답하지요

누구나 꿈을
하늘만큼 담고 싶듯이

나는
당신에 대한 사랑을
땅만큼 담아 드리고 싶어요

그리하여
잉꼬처럼 사랑을 가득 담은 둥지에서

삶의 길을 동행하며
영원히 행복하게 살고 싶습니다.

친구에게

"나를 좋아해?"
아니면 "싫어해?" 라고 물으면
언제나 웃음으로 대하는 변함없는 사람

내 바보 같은 질문에
알 수 없는 그 마음을 어떻게 헤아려야 하나

사랑이란

늘 좋은 일만 있는 것도 아닐 거고
싫은 것만 있는 건 더욱더 아닐 거야

어느 때는
사랑한다고 좋아하는 것이 아니며
미워한다고 싫어하는 건 아님을 우린 알기에

때로는
그저 소금기 있는 해초 같은 것

진실한 사랑은
오래 묵은 장맛처럼 은은하고
깊은 맛을 내는 오랫동안 숙성된 믿음이었지.

소녀에게

초등학교시절 널 좋아했는데

한동안
세월이 흐른 뒤 다시 보니
지금은 할머니가 되었구나

그 곱고 아름다운 모습은
주름살 뒤로 숨어버리고

나비 핀이 나풀거리던 단발머리는
이젠 눈송이 되어 바람에 날리네

마음은 언제나 청춘이라지만
세월의 흔적은 지울 수 없다는 걸

우린 너무도 잘 알기에
서글픈 기분에 위로의 노래를 부르자

지난 시절의 애틋했던 마음이 되살아나

그때의 풋풋했던 기억이 조금이라도
남을 수 있었다면 얼마나 좋았을까?

가버린 시간은 다시 돌아올 수 없지만
순수한 마음만은 오래도록 남았으면 좋겠네

아 —
무심한 세월을 어찌하면 좋을지.

상사화

오늘 처음 보았네

그 모습이 얼마나 아름다운지

그 후로

임 생각이 너무 그리워

상사병이 생겼습니다

사모하는 마음 전할 길 없어

별님 달님에게 소원 빕니다

하늘만큼 땅만큼 사랑한다고

내 마음 임에게 전하여 주오.

해바라기

얼마나 정이 깊었으면
해 뜨자마자 얼굴 맞대고
온종일 함께 있을까
둘 사이가 부럽기만 하다

각박한 세상 조금도 싫은 기색 없이
함지박만 한 노란 얼굴로
늘 싱글벙글 웃고 있어 셈나지만

멀 대처럼 큰 키 싱거워 보여도
누구도 말릴 수 없는
굳은 언약으로 끈끈한 사랑을 주고받았다

빙 돌아서 제자리로 온 세월
촘촘하고 야무지게 여물어 까만 점 남겼네.

사랑은 행복

1〉
사랑은 행복인 줄 생각도 못 했어요

짝사랑 시절 가슴 졸이던
사랑을 안고 살았으니까

세월이 흘러 지금 생각하면
모두가 즐거웠던 추억들인 걸

사랑은 행복이야…
행복은 사랑이야…

모든 것들이 아름다웠으니까.

2〉
사랑은 미움인 줄 생각도 못 했어요

철부지 시절 가슴 시리던
사랑을 안고 살았으니까

세월이 흘러 지금 생각하면
모두가 괴로웠던 기억들인 걸

사랑은 미움이야…
미움은 사랑이야…

모든 것들이 행복했었으니까.

사랑은 상록수

보이지 않는 사랑이 무엇이기에

가슴 설레고 마음이 두근거릴까

멀리 있으면 그리움으로 간절하고

가까이 있으면 한없이 행복한 사람

살다 보면 토라진 당신이 안 보이면

미움과 애처로움이 섞여 있지만

당신이 미소 지울 땐 미움은 숨어버려

다시 사랑의 기쁨은 두 배랍니다

언제나 똑같은 마음으로 사랑을 준

빛과 소금처럼 소중한

상록수 같은 사랑스러운 당신입니다.

행복의 못

무조건
사랑에 눈이 멀면
가슴에 삐딱한 못이 박힌다

누구나
처음부터 진실한 사랑은 없는데
비딱한 못이 아파질 때 보이게 되는 거다

성공도
실패의 삐뚤어진 못이 많을 때
제자리 찾아 박히는 걸 알듯이

사랑도
수많은 시행착오와 우여곡절에서

서로에게 진실일 때
올바른 행복의 못이 박히는 것이다.

고백

이렇게 힘이 들 줄 몰랐다

그토록
오랜 시간 걸리리란 생각 못 하고

처음엔 좀 빼고 있으면
그 애가 노래방 순서처럼
좋아한다는 말
쉽게 나올 줄 알았는데 그게 아니다

내가 먼저 말하려니
꼭 체한 것처럼 미그 적 꺼려서
속 시원히 말하기 어려웠다

잘하는 노래는
음정 박자 화음이 맞아야 하고
큐피드에 화살이 운 좋게 맞아야 하듯

사랑을 고백하는 것도
플래시로 인물사진 찍듯이

순간 포착이 잘 잡혀야 했다

고백은
시간 장소 연기가 하나로 통해야

오랫동안 마음속에 자라온

사랑이란
선물을 얻을 수 있다는 걸 몰랐다.

사랑한다 해도

사랑한다 해도
정이 없으면 사랑이 아닙니다

사랑한다 해도
믿음이 없으면 사랑이 아닙니다

사랑한다 해도
미움이 남으면 사랑이 아닙니다

사랑한다 해도
감동이 없으면 사랑이 아닙니다

사랑한다 해도
어울림이 없으면 사랑이 아닙니다

사랑은
늘 가까이 있지 않아도 그리워하고
언제 어디서나 부드러운 미소로

따뜻한 마음이 담아있는

포근한 사랑입니다

이 세상에서
제일 필요한 것은 용서와 자애로움이며

어머니 마음처럼
한없이 안아주고 감싸주며

넉넉한 마음의 온유한 사랑입니다.

제 4 부

창가에서

도시의 아침

어슴푸레한 아침
맨 처음 발걸음 소리부터 시작된다

신문 배달 아저씨 터~ 억 던지는 소리
우유 넣는 아주머니 덜거덕 소리

청소차, 소녀의 기도 멜로딘 없어도
여전히 덜컹거리는 소리가 들린다

끊임없는 차와 오토바이 소리에
웅성거리며 들리는 발걸음 소리로
아침 공기를 가르며 분주히 움직인다

아침의 상쾌함과 차가움의 차이는
새소리와 차량에서 나오는 소음소리다

오늘도 어수선한 아침 분위기지만
두부 장수 종소리와 연탄불 피우는 메케한 냄새

가끔은 예전의
아침 풍경이 그리울 때가 있다.

형님

나에게 아버지 같은 형님
축 처진 어깨를 보니 마음 아프다

누구나 세월을 거스를 순 없지만
예전의 다부졌던 모습은 보이지 않고
힘없는 걸음걸이가 바람 앞의 촛불 같네

문득, 형님과 지냈던 시절이
주마등처럼 스쳐갈 때마다
무지개 같은 아름다운 추억들

언제나 나의 우산이 되었고
인생의 길라잡이였는데
핼쑥해진 얼굴이 가슴 멍하다

나는
형님이 오뚝이처럼 어려운 고비마다
슬기롭게 이겨온 삶을 보여 주었듯이

다시 예전의 그 모습을 소망하며
영원히 존경하고 사랑하는 나의 형님.

창窓가에서

창가에 서면 왠지 마음이 설렌다
이곳에서 늘 지내는 공간이지만
느낌은 새롭고 마음 편해서 좋다

잠에서 깨어나 커튼을 걷으면
밖은 조금씩 밝아지고 문을 열면
세상이 다 드러난 멋진 풍경이다

같은 장소 비슷한 시간이라도
꼭, 우리 인생의 파노라마 영화처럼
시시각각 달라지는 새로운 세상이
나도 모르게 이끌리는 매력이다

날씨 좋은 날 방충망을 다 열고
빼꼼히 고개를 내밀어 밖을 보면
숲에서 새소리 청아하게 들리고

눈이 부신 태양의 푸른 하늘은
바다를 그려놓은 수채화다

내 공간은 작지만 열린 창밖은
넓고 황홀한 세상을 볼 수 있는 전망대

난, 오늘도 창밖을 보며
즐거운 맘으로 하루를 시작하고
감사한 맘으로 커튼을 닫으며 하루를 맺는다.

비 오는 날

미처 준비 못한 우산
어중간한 봄비로 흠뻑 젖었다

집에 와 거울을 보니
내 몰골은 말이 아니다

비 맞으면 화려한 벼슬의 장將닭이
초라해 보이듯 영락없는 그 모습이다

여기저기서
선거 유세로 주위가 소란스럽다

있을 때 잘했더라면
낙선 후엔 민망하지 않았을 텐데

꼭…
이렇게 비 오는 날이면
시골, 그때의 생각이 떠오른다.

월세月貰

하늘의 달은
아름다워 좋아하지만

세월이 가는
달만은 그렇고 그렇다

사글세 내는 날은
왜 그리 빨리 오는지

하루가 아니라
달이 통째로 오는 것 같다.

눈깔사탕

눈깔사탕 한 알에 행복했던 시절
알록달록 고운 색깔 사탕을
입에 넣고 살살 빨아먹으면
온 세상이 단맛으로 빠져든다

세상에
이보다 더 맛있는 것 또 있을까
떼쓰며 울던 내 동생
울음 뚝 그쳤던 알사탕

입에서
다 녹을 때까지 동무들과
한 번씩 돌려가며 나눠 먹으면
즐겁던 추억어린 잊지 못할 눈깔사탕.

눈 오는 날

1〉

창밖에 함박눈이 사뿐사뿐 내려옵니다
철수 네도 영희 집에도 하얗습니다
바둑이가 멍 멍 멍 멍 멍 짖어댈 때면
온 세상을 하얀 눈으로 덮었습니다.

2〉

창밖에 싸락눈이 싸륵싸륵 내려옵니다
지붕에도 장독대도 하얗습니다
귀염둥이 내 동생이 소록소록 잠들 때
온 세상이 모두 다 고요합니다.

미안해

무더운 여름날
비 오듯 땀 흘리며
밥상을 차려준 당신 고마워요

평생을 아이 키우며
쉬는 날 없이 고생한 당신
미안하고 감사합니다

정성을 다해 정갈하게
빨래한 옷 준비해 준 당신
진심으로 사랑합니다

난, 오늘 당신의 모습 보면
이젠 소나기도 내렸으니
빨리 가을이 왔으면 좋겠어요.

아내

결혼 때에는
아름다운 사람입니다

중년에는
미안한 사람입니다

노년에는
산소 같은 늘 고마운 사람이지요.

남산 길

1〉
남산의 오솔길을 걸어가자
봄볕에 새싹이 돋아나오고
개나리 진달래가 곱게 필 때면
아지랑이 산길을 넘어 아롱거린다
우리 모두 손을 잡고
푸른 하늘 바라보면 한 아름 행복이다

2〉
남산의 꽃 밭길을 걸어가자
여름엔 푸른 숲 향기로워라
들꽃이 산등성에 곱게 핀 길을
오순도순 이야기엔 사랑의 꽃이 피고
다정하게 손을 잡고
가슴을 활짝 펴고 정답게 노래하자

3〉
남산의 솔 밭길을 걸어가자
가을엔 단풍이 곱게 물들면
서쪽 하늘 노을은 더욱 고와라

서울타워 오색 불빛이 화려하구나
어깨동무 친구들아
내일은 희망이다, 꿈꾸며 살아가자.

삼계탕

한여름

봄볕 먹고 태어난 올망졸망한 병아리
복날 절기에 알맞게 중中 닭으로 자랐다

그늘에서 헐떡거리며 쉬고 있는 닭

살며시 다가가 잡으려니
눈치를 채고 멀찍이 달아나버린다

점찍어 놓은 닭을
여러 번 실패 끝에
좋아하는 모이로 구슬려서 잡았지만

직감적으로 느끼는 위기감을 아는지
소리치고 발버둥거리는 모습에 맘이 아팠다

삼계탕 먹을 때면
푸드덕거리던 날개 사이로 느끼는 체온
그때 기억들이 솔솔 되살아난다.

모기사냥

어느 틈새로 살며시 들어온 모기
사방은 불빛이 잠이 든 삼경三更인데

반갑지 않은 친구가 찾아와
순식간 긴 빨대로 배를 채우고 달아나더니

얼마 후
기분 좋아진 모기, 귓전에서 윙윙 노래 부른다

갇힌 공간에선 잡히면 죽을 운명인데
작은 몸짓에 목숨 걸고 훔쳐 먹는 대단한 녀석

자연의 이치는
굶주림 앞에선 연약한 미물도 강해 보이고

치열한 생존경쟁에서
인간에게 덤비는 모기도 저마다 지혜로 살아가는데

만물의 영장인 인간도
자연의 세계에선 모든 것과
서로 엉키며 살아가야 할 힘겨운 상대가 많다.

탁상시계

아내가 시집오면서 가져온
올해 스물여덟 살 된 탁상시계
매일 째깍째깍 잠시도 쉼 없이 돌고 돈다

때가 되면 종을 치거나
감미로운 노래 부르고 귀뚜라미 소리를 낸다

아침에 널 보면서 일터로 나가고
집에 오면 널 보며 하루를 보냈다

세월의 흔적으로 겉모양은 날 닮아가지만
아직도 목소리와 양팔은 씽씽한 청년이다

수많은 소지품이 고령으로 내 곁에 없지만
지금까지 나와 삶을 함께해 준 고마운 친구

내가 약해지는 걸 느낄 땐
탁상시계의 활기찬 모습을 닮고 싶다.

감꽃이 피면

고향 집 뜰엔
내 나이보다 두 배 오래된 감나무 다섯 그루

오월이면
무수無數히 핀 꽃은 아이들 장식품이다

감꽃 떨어지면
그 꽃으로 목걸이 만들어 다니고
여동생 머리에 쓴 화관花冠은 공주처럼 예뻤다

꽃은 수수하고 엷은 노란색
약간 떨떠름하며 달짝지근한 그 맛

동심을 간직한 아름다운 추억은
지금도 잊지 못할 고향의 그리움이다.

풍뎅이

지난 시절
여름이면 유일한 장난감

풍뎅이, 하늘소, 물방개, 거미, 잠자리
이들 중中 으뜸은 풍뎅이다

삼베옷 만들려고 심어놓은
대마大麻밭엔 풍뎅이가 덕지덕지 붙어 있다

몇 마리 잡아서 경주시키면 재미있어
세숫대야 물 담아 헤엄치게 한다

모가지 비틀어 놓으면 제자리 돌고
아픔의 몸부림에 정신없이 제주 넘는데
그 광경에 깔깔거리며 웃고 놀다 보면

어느덧
해는 서쪽으로 저물어간다

풍뎅이 고통이 유일한 즐거움이었던 시절

여름이면 아련한 추억으로 떠오른다

풍뎅이!
손님 오셨다, 마당 쓸어라.

보고 싶다

누군가
갑자기 보고 싶다는 건

우정
믿음
웃음
사랑이 있다는 거다

누구를
문득 그리워하는 것은

행복
추억
아픔의
삶을 함께 했다는 거다

사람아,
보고 싶은 사람아

사람아,

그리운 사람아

우리 인생은
이런 인연으로 살아가는 실타래 같은 동반자.

향香나무 연필

오랜만에 써 본 글씨
연필이라 어색했는데
쓸수록 익숙해져 마음이 든다

추억어린 연필을 생각하며
손에 드니 촉감이 새롭다

이름처럼 멋진 샤프 펜
잘 부러지는 허약한 몸이고

볼펜은 미끄럼 잘 타고
만년필은 조심스러워 불편한데

연필은
내 실수를 감쪽같이 지워주고

글자 쓸 때마다 편안하고
그윽한 냄새가 묻어나온다

희미해지면 침 묻혀가며 쓰던 시절

그 중 몸값이 제일 높은 향나무 연필

세월 지나니
파릇한 머리 학동學童은 큰 키로 자랐는데

쓰면 쓸수록 작아지는 네 키는
몽당연필이란 또 하나 이름이 생겼지.

누님

난
누님이 있어 행복합니다

나 자라날 때
논밭으로 일 나가신 어머니를 대신해

날 업어서 기르시고
사랑으로 키워주신 나의 누님

철부지 시절 내가 떼를 쓰면
늘 따뜻하게 감싸주시고

내가
힘들어할 땐 위로해 준 누님

세월이 지나
해님처럼 고왔던 얼굴은 어디로 가고

청포 머릿결 같은
아름다운 모습은 은빛이 되어가네

허약해진 모습을 볼 때마다
세월의 무상으로 쓸쓸하지만

그래도 한 가지 바램은
다시 건강해졌다는 이야기를 듣는

기쁜 소식이 오기를 간절히 기도합니다.

제 5 부

인생 한 바퀴

가자…!

여기 좀 봐
새싹이 돋고
꽃이 피고 있지 않니

비바람 불고 눈보라 쳐도
묵묵히 준비하잖아

보이지 않게 멈추지 않고
쉼 없이 움직이고 있었을 뿐이야

희망도
차분히 준비하면 이루어지는 거래

서둘지 않고 꾸준히 가는 거야
좌절하지 말고 용기를 가져

그리고 힘을 내
승리는 우리들의 것

가자…!
그날을 위하여.

철새

새들은 고향을 떠나 살다가도
때 되면 고향 가는데

남북으로 갈라져서 살아야 하는
우리는 무엇으로 한恨을 달래야 하나

고향은
누구나 그리운 건 마찬가진데

뭐가 그리도 어려운지
언제까지 이산가족으로 살아가야 하나

세월이 흐르고
강산이 바뀌어도 갈 수 없다면
고향 가는 철새에게 편지 보내리.

한 바퀴

어느덧
내가 세상에 태어난 지
올해로 한 바퀴 돌았다

지구가 태양을 도는 것보다
달이 지구를 도는 것보다
엄청나게 빠른 속도였다

자고 나면 해가 바뀌고
일어나면 세상이 바뀌고

세월은 기다림도 망설임 없이
눈 깜짝한 사이 돌아온 한 바퀴다

예순이란
열두 마리 짐승이 밀고 당겨서
끝없이 순환하며 돌아가는 것

얼떨떨한 사이
지나간 세월을 되돌아보니

풀잎 끝에 떨어질 이슬이지만
다시 한 걸음씩 쉼 없이 굴러가는 바퀴로

일 년 또 일 년 천천히 멈춤 없이
덤으로 사는 삶이라 생각하며
즐겁게 새로운 바퀴의 자국을 그린다

이젠
귀 밝아졌으니 쌀米로 가는 길을 생각한다.

어버이

우리를 낳으시고
길러주신 어버이 은혜

하늘보다 높으신
어버이의 거룩한 사랑

그리움은
가슴속에 쌓여 가는데

어버이
빈자리엔 바람만 스치어가네

희생과 사랑으로
한평생을 자녀들 위해

살아오신 고마움을
어버이께 감사드려요.

빈터

내가 태어나고 자라서 얼이 서린 곳
얼마큼 세월이 지난 뒤 다시 와보니
황량한 빈터로 쓸쓸히 나를 맞는다

주인이 떠나간 터 지키느라
얼마나 외롭고 슬펐으면
이토록 깊은 상처로 폐허가 되었을까

한동안 멍하니 서 있다가
기억을 더듬어 생각해 보니

사시사철 철철 넘쳤던 우물도 마르고
초가집과 헛간, 돼지 울이며 마당엔
아련한 추억을 남긴 채 잡초만 무성하다

새가 떠난 둥지를 보면 초라해 보이듯
사람이 떠난 집터는 쓸쓸함이 더 하는구나

온기 없는 빈터
희미한 기억만 남긴 채
점점 먼 옛날 동화 속으로 사라져 간다.

어머니·1

거실에 있는 어머니 사진
얼마큼 세월이 흘렀건만 모습은 그대로네

문득 떠오르는 생각들이
주마등처럼 스치면
애써 눈물을 참으려 해도

어느덧
슬픔의 눈시울로 촉촉해진다

어머니 얼굴의 주름살처럼
내 모습도 한둘씩 흔적이 생기고

시간이 지나면
잊힐 줄 알았던 모정母情은

그리움이
바다의 잔잔한 물결 되어 끝없이 밀려온다.

민들레 고향

두 가지 색깔의 민들레
희망을 전하는 노란 꽃으로,
하늘을 날기 위한 하얀 꽃입니다

제자리 있기 너무 답답해
깃털에 매달려 미지의 세계로
떠돌며 다니다 정착한 곳
세월이 흐른 뒤 돌아보니

터 잡고
사는 게 쉬운 건 아니지만
마음 드는 곳에서 뿌리를 내렸습니다

마음을 열고 어울려서 살다 보니
이제는 고향처럼 따뜻한 정이 듭니다.

망제봉 望帝峰

내 어렸을 때
어느 곳에서 보아도 웅장한 산

해 뜰 땐 서광曙光이 비치면 수려하고
해질녘엔 노을빛으로 물들면 황홀해
세상에서 가장 크고 높은 줄 알았다

달이 산허리에 걸쳐있거나 떠 있으면
멋있게 보이고 아름다운 그 모습

누구를 기다리거나
소원을 빌 때도 제일 먼저 산을 보았다

비가 올까
언제쯤 갤까
일기예보처럼 먼저 바라다본 산

늘,

가까이서 보면 포근하고 인자한 얼굴
미륵불처럼 신비롭고 영험한 산 망제봉*.

* 망제봉 : 전북 정읍시 농소동(망제동)에 있는 산, 해발 257m.

달동네

골목길 많아도
담장도 마음의 벽이 없는 곳

꼬불꼬불 높고 낮은 언덕배기
길 가다 보면 이웃 인사는 정겨움이다

시선 머무는 곳엔 새소리 들리고
나부끼는 나뭇가지 바람 불어와 좋았다

골목대장 아이들 떠들썩한 소리
활기찬 생동감이 영글어간다

사방이 탁 트인 전망대처럼
이곳에선 키 큰 빌딩도 발아래이고

지위는 이보다 높은 데 없기에
세상에서 가장 부러울 게 없는 곳

무엇하나 번듯한 것 없어 보여도
도둑도 거짓 없는 평화로운 동네

오가는 사람마다 방긋한 햇살이다

달동네는
달빛 밝을 땐 더욱 아름다운 모습으로
숭늉처럼 구수해 따끈한 정이 넘치고
선한 이웃이 모여든 사랑을 안고 사는 공동체

살아 볼수록 맘이 통하는 으뜸인 곳
내일은 푸른 꿈으로 신바람 불어오리라.

군자역에서

정월 초
몹시 춥던 날
군자역에서 여동생과 약속을 했다

모처럼 만나는 설렘에
난 예정시간보다 일찍 도착했는데
한참이 지나도 보이지 않아
전화는 끊기고 어제 내린 눈이 걱정되었다

약골인 동생을 생각지 않고
내가 너무 성급했던 건 아닐까?
따뜻한 봄에 만나도 되는데
눈길에 미끄러지면 어쩌지!
이런저런 생각에 가슴은 타들었다

그러길 얼마쯤 지났을까
반대편 출입구에서 오빠!
날 부르며 환한 미소로 오고 있는 동생
그때 기쁨은 무슨 말이 필요하랴

우린 이산가족 상봉처럼
이런저런 이야기꽃을 피웠고
예전보다 더 건강해진 모습에
감사하고 즐거운 시간이었다.

갑오동학농민혁명 탑

황토재 고갯길 넘어가면
학이 사는 아랫마을下鶴里이 있는 곳

돌계단 따라 동산에 오르니
탁 트여 사방을 볼 수 있는 전망대다

수년 동안 고부수령이
승냥이 되어 할퀴고 간 자리

들불처럼 타오른 농민의 원성이
하늘을 찌르고 온갖 수탈로

학정虐政에 시달린 백성들
굶주림은 풀뿌리도 모자랐다

참혹한 현실을 본 녹두綠豆 장군
각 고을로 사발통문 내려 보내니

구름처럼 몰려든 백성 앞에
비장한 그 음성 천지를 진동했다

모두 힘을 모아 탐관오리 몰아내고
우리 힘으로 바른 세상 만듭시다!

한恨서린 농민의 처절한 몸부림은
질풍노도疾風怒濤의 거침없는 기세로

새 세상 광명천지가 열리려는 순간
외세의 침략은 역사의 아픈 상처였다

그날의 함성이 울렸던 이 자리엔
진달래꽃이 붉게 피어있고
솔숲 사이로 웅장하게 서 있는 탑은
고난을 겪었던 그때의 이야기를 들려주려는 듯

이름 없이 숨겨간 영혼을 위해
어디선가 날아온 산비둘기 구슬피 울고 있다.

＊ 갑오동학농민혁명 탑 : 전북 정읍시 덕천면 하학리.

오두막집

지금은 사라져 가고 없는 집
어쩌다 오두막집을 보면
저렇게 작은 데서 어떻게 지냈을까

솥뚜껑만 한 작은집에
그 많은 식구가 살았다니 신기하다

하지만
그 속에는 사랑과 따뜻함이 있었고

그 안에는 부모님 가르침이
재미있는 이야기와 추억이
꿈으로 가득 담겨 있었지

굴뚝에서
모락모락 피어나는 연기처럼
형제들 사랑 부모님 사랑

오순도순 살아가는 이웃사람들
행복이 가득 찬 오두막집이었지.

비금도 시금치

겨우내 눈비 먹으며
검푸른 색깔로 탐스럽게 자랐다

갯바람 맞으며 자란 시금치
어느 쌈에도 잘 어울려
삼겹살에 한 움큼 싸먹으면
달착지근한 맛에 빠져버리고

좋아하는 친구랑 같이 먹으면
저절로 기운이 솟아 생기 넘친다

구수한 시금치 된장국
맛깔난 고추장 무침 한 접시면
눈과 맛으로 느끼는 푸짐한 성찬이었지

언제나
포근하고 넉넉함이 있는 곳
내 이름은 비금도* 시금치.

———————————

* 비금도 : 전남 신안군 비금면 섬.

자갈치 어시장

수많은 물고기로 활기찬 어시장
부지런한 사람들이 다 모인 곳

시장은 시끄럽고 떠들썩하여도
흥정하는 소리에 표정은 정겹다

먹장어 굽는 냄새에 발길이 끌려
찾아온 가을의 깊어가는 밤

매 콤 달콤한 낙지볶음 한 접시
감칠맛 속에 불나도록 맵지만
시장의 모든 정이 섞여서 좋았다

소주 한잔으로 인생의 시름 달래고
막걸리 한 사발로 고단함을 잊으며

밤새는 줄 모르고 주고받는 술잔은
막차 떠나면 새벽엔 첫차 오듯
우리 인생도 되돌아보면 그런 것 아니냐

갈매기 나는 부두의 아침
해장국처럼 시원한 바닷바람

"오이소, 보이소, 사이소!"

구수한 사투리에 밀려오는 사람들
자갈치 어시장은 언제나 만원滿員이다.

계동 포구

고기 배 들고 나는 조그만 포구
통통배 심장 소리에 정적을 깬다

키욱, 키욱 갈매기 우는 소리
양지바른 언덕 위 수수한 집
뜰 앞엔 푸른 바다 수를 놓았네

거울처럼 맑고 잔잔한 바다
어디가 시작이고 끝인지 알 순 없지만
보이는 곳까지 바다이고 하늘이겠지

산바람 갯바람이 불어오는
숲 그늘 정자에서 바다를 보니

그림 같은 풍경에
그리움이 밀물처럼 밀려오는데
허전한 마음을 어디에다 둘거나

병풍처럼 절벽의 수려한 섬 주변
천하의 무릉도원도 이만은 못 하리

아…

보고 또 보아도
끝없이 가보고 싶은 곳
내 사랑 돌산 섬 계동 포구.

종점終點

세상엔 모든 것이 끝이 있다는 걸 알지만
버스가 끝나는 종점은 유난히 적막감이 흐른다

시절 좋았을 땐 그 많은 사람으로 북적거렸는데
지금은 다 어디로 가고 가로등만 홀로 있느냐

우연히 찾아온 사랑이 종점에서 시작하더니
운명처럼 찾아온 이별도 이곳에서 끝날 줄 몰랐다

기쁨은 시작처럼 아름다움으로 오래 남고
슬픈 이야기의 종점은 없었으면 좋으련만
인생이 끝나는 순간은 이보다 더 적적하겠지

호사스럽게 살진 못했어도
이름 없이 살다간 영혼이라면

산자는 죽은 영혼의 슬픔을 위로하는
한바탕 축제의 장소였으면 좋겠다

그런 후,

제 목적지를 향해
아무 일 없었던 것처럼 흩어져
새로운 삶이 출발하는 윤회輪廻의 여정인 종점.

모순어법矛盾語法으로 걷어 올리는
삶의 편린片鱗
― 한영호 제2시집 『바람은 아름다워라』에 붙여

문학박사 吳 養 鎬

　나는 시인 한영호를 한 사백과 함께 근래 두어 차례 자리를 같이 했다. 내가 주로 만나는 사람들이 내 또래, 그러니까 늦어도 80년대 초반에 문단에 나온 사람들인데 한영호는 그런 사람들에 비해 많이 젊었다. 그리고 시골 동네 골목에서 오래전에 헤어진 초등학교 친구를 연상시키는 동안童顔에 번지는 웃음이 상대방을 편안하게 하였다. 그런 사람 냄새가 노소동락, 문학적 연륜을 넘어 이런 발문까지 쓰게 만들었다.

　시집 말미의 '해설'을 전례대로 일컬으면 '발문跋文'이다. 발문은 책 끝에 본문의 내용의 대강이나 또는 그에 관계된 사항을 간략하게 적은 글이다. 발사跋辭, 뒷글, 뒷말, 꼬리말, 후기, 발跋 등으로도 불리는 이 글은 원래 저자와 인간관계가 특

별한 사람이거나 문명이 높은 인사가 써서 그 책의 격을 높이는 역할을 한다. 옛날 문집 서발序跋의 전통을 잇고 있다고 하겠는데 이 글은 그 근본취지가 워낙에 그러하다. 이런 점에서 본다면 나 같은 사람은 자격이 좀 모자란다. 시인 한영호와 아직은 자별한 사이도 아니고, 문단 말석에서 이름을 보존하고 사는 존재이기 때문이다.

사정이 이러하지만 한영호의 시에는 이런 조선조적 까다로운 인간관계를 불식시키는 분위기가 두드러져 그 접근이 용이하다. 서울 도시서민의 일상이 소박한 표현을 통하여 우리 곁으로 다가온다.

하늘의 달은
아름다워 좋아하지만

세월이 가는
달만은 그렇고 그렇다.

사글세 내는 날은
왜 그리 빨리 오는지

하루가 아니라
달이 통째로 오는 것 같다.
〈월세〉 전문

첫 연과 마지막 연의 달은 동일한 달인데 동음이의同音異義다. 과거 한 시기 시문학의 주요 기법이던 모순어법이고, 역설적

발상이다. 동일한 현상이 대립된 개념으로 표상된다. 하늘의 밝은 달, 아름다운 달을 아름다움 그 자체로 보지 못하고, 사글세를 떠올려야 하는 이 시의 퍼소나, 이런 서정적 자아가 시인 한영호의 순박한 웃음과 오버랩 된다. 이것 또한 역설적이다.

한영호의 동안에는 그런 서러운 인간사가 감지되지 않는 까닭이다.

다른 작품을 하나 더 보자.

> 두 가지 색깔의 민들레
> 희망을 전하는 노란 꽃으로
> 하늘을 날기 위한 하얀 꽃입니다.
>
> 제자리 있기 너무 답답해
> 깃털에 매달려 미지의 세계로
> 떠돌며 다니다 정착한 곳
> 세월이 흐른 뒤 돌아보니
>
> 터 잡고
> 사는 게 쉬운 건 아니지만
> 마음 드는 곳에서 뿌리를 내렸습니다.
>
> 마음을 열고 어울려서 살다 보니
> 이제는 고향처럼 따뜻한 정이 듭니다.
>   〈민들레 고향〉 전문

이 시를 외연外延denotation으로만 독해하면 민들레의 생리를 노래한 것이 된다. 그러나 이 시의 내포內包connotation는 여기에

머물지 않는다. 아주 쉽게 쓴 시로 보이지만 그 내포는 단단하다. 앞의 〈월세〉와 같이 모순어법으로 투사하는 삶의 이치가 만만치 않다. '민들레 고향' 이 민들레의 고향이자 나의 고향, 이 시의 퍼소나의 고향이 되기 때문이다. 단순한 민들레 이야기 같은 데 이 시의 종장은 어느덧 인간의 삶의 생리로 넘어와 그 고향이 인간의 것으로 되어 있다. 그러니까 의사진술擬似陳述pseudo statement의 기법이다.

시의 언어가 가지는 초 관련대상 제시는 따지고 보면 문장 형태 자체를 지배한다. 우리가 일상생활에서 사용하는 언어는 그 말의 내용을 증명할 수 있다. 이것을 I. A 리처즈는 진술陳述statement이라고 했다. 그러나 시에서 쓰는 말과 문장 형태는 과학에서처럼 분명한 증명이 불가능하다. 그것은 다만 어떤 태도態度attitude에 의해서 수용될 뿐이다.

민들레의 고향이 인간의 고향과 같다는 의미는 증명이 불가능하다. 민들레 홀씨가 날아다니다 터를 잡고, 꽃을 피우며 사는 생리와 인간이 떠돌다 어느 한 곳에 자리를 잡고 정을 붙여 사는 것이 같다고, 이것을 과학적으로 증명할 방법은 없다. 다만 이런 시를 읽으면서 그와 같은 감흥을 막연하게 맛본다. 이것은 어떤 태도에 의해 시가 수용됨을 의미한다. 여기서 문제가 되는 것은 관련 대상의 적절한 지시가 아니라 충동과 태도를 효과적으로 조정하는 의사진술이다. 〈민들레 고향〉은 이런 기법에 기대고 있는 가작이다.

한영호 시에 나타나는 이런 또 다른 하나의 언어형태, 곧 의

사진술은 개념지시를 넘어 그 내포를 확대시켜 그 나름의 시적 발상으로 확대된다.

　얼마나 정이 깊었으면
　해 뜨자마자 얼굴 맞대고
　온 종일 함께 있을까
　둘 사이가 부럽기만 하다.

　각박한 세상 조금도 싫은 기색 없이
　함지박만 한 노란 얼굴로
　늘 웃고 있어 셈나지만

　멀대처럼 큰 키 싱거워 보여도
　누구도 말릴 수 없는
　굳은 언약으로 끈끈한 사랑을 주고받았다.

　빙 돌아서 제자리로 온 세월
　촘촘하고 야무지게 여물어 까만 점 남겼네.
　　　　　〈해바라기〉 전문

　삶의 이치가 해바라기에 투사되고 있는데 그 은폐된 의미가 '빙 돌아서 제자리로 온 세월'에 압축되어 있다. 이 시의 외연, 다시 말해서 외현적外顯的 의미는 멀대처럼 키만 큰 두 해바라기에 대한 형상화다. 그러나 이 시의 마지막 연에 오면 그런 의미만이 아닌 어떤 다른 의미로 확대된다. '빙 돌아서 제자리로 온 세월'이란 구절이 애초의 의미를 견제하며 다른 사유를 유도, 빙 돌려 그 평범성을 일거에 반전시킨다. 이 시의 참

주제가 여기서 나타난다. 멀대처럼 키가 큰 해바라기란 무엇일까. 한 세상을 같이 건너는 깊은 관계를 맺은 두 존재, 이를 테면 생사고락을 같이 한 부부, 아니면 지기知己라 할까. 온 여름 태양열로 만든 까만 씨, 그것은 그런 존재들이 생산한 어떤 결과가 의사진술의 형태로 형상화된 것에 다름 아니다.

한영호의 시에는 이런 면과 다른 또 하나의 시적 영역이 확보되어 있다. 그것은 소거된 유년에 대한 회상이다.

눈깔사탕 한 알에 행복했던 시절
알록달록 고운 색깔 사탕을
입에 넣고 살살 빨아먹으면
온 세상이 단맛으로 빠져든다.

세상에
이보다 더 맛있는 것 또 있을까
〈눈깔사탕〉에서

사탕 한 알을 '입에 넣고 살살 빨아 먹으면/ 온 세상이 단맛으로 빠져든다.' 는 표현은 과장이 아니다. 불과 한 세대 전까지 우리 모두가 체험했던 가난한 유년을 통째로 회상시킨다. 가난이 만연된 사회, 그런 사회로부터 탈출하는 한 소년의 과거가 동시童詩의 톤으로 진술되고 있다. 지금은 눈깔사탕에 혹할 아이들이 없겠지만 지금 5, 60대만 해도 그 과자는 그들의 울음까지 그치게 만들던 요술단지였다. 한영호의 시에는 이런 서민생활의 그늘이 여기 저기 드리워져 있다. 그러나 그 그늘은 양지를 향해 양 팔을 벌린다.

　이 시의 서정적 자아의 심리心裏를 통과하고 있는 시대는 정치적으로는 독재지만 경제적으로는 이 나라의 민초들이 비로소 가난에서 탈출하던 저 6, 70년대이다. '잘 살아 보세/ 잘 살아보세/ 우리도 한 번 잘 살아 보세'란 새마을 운동 노래가 골목마다 울려 퍼지던 그런 시대의 그늘과 양지가 소리무늬를 형성하고 있다. 오월, 감꽃이 피면 그 꽃으로 목걸이를 만들고, 먹기도 하던 〈감꽃이 피면〉에서도 이런 정서가 잡힌다.

　시는 인간의 정서와 사상을 반영하는 하나의 실체다. 김소월의 시에서 우리는 민족 고유의 정서를 발견하고, 윤동주의 시에서는 아침이슬과 같은 순결한 시혼을 만난다. 지용의 〈향수〉를 노래하면 한국적 농경사회의 실체에 목이 메는 것은 이런 시들이 환기하는 정서의 실체 때문이다.

　공자는 시경詩經에서 '시란 뜻에서 빚어지는 것이다. 마음속에 뜻이 이루어지고 그것이 말로 나타나면 시가 된다.'(詩者 志之所之也 在心爲志 發言爲詩)라 했고, 셸리는 시를 가리켜 '행복한 심성이 가장 즐거운 순간으로 표현된 것'이라고 했다. 워즈워드의 시를 읽으면서 우리가 고조된 정서 속으로 빠져드는 것은 다른 시인에게서는 발견하지 못하는 감정의 용솟음, 이를테면 '하늘에 있는 무지개를 바라보면 내 가슴은 뛴다'(my heart leaps up when I behold a rainbow in the sky)라고 할 만큼 그 시인이 소유한 남다른 미적 영감에 우리도 홀리기possession 때문이다. 모두 형이상학적인 시의 실체가 부리는 조화의 결과다.

이러한 원론에서 본다면 한영호는 그가 산 시대를 쉽게, 그러나 그 나름의 인생관과 세계관을 통해 육화시키고 있는 생활인 시인이다.

매콤 달콤한 낙지볶음 한 접시
감칠맛 속에 불나도록 맵지만
시장의 모든 정이 섞여서 좋았다.

소주 한 잔으로 인생의 시름 달래고
막걸리 한 사발로 고단함을 잊으며

밤새는 줄 모르고 주고받는 술잔은
막차 떠나면 새벽엔 첫차 오듯
우리 인생도 되돌아보면 그런 것 아니냐

갈매기 나는 부두의 아침
해장국처럼 시원한 바닷바람

"오이소, 보이소, 사이소!"

구수한 사투리에 밀려오는 사람들
자갈치 어시장은 언제나 만원이다.
〈자갈치 어시장〉에서

이 시는 한 마디로 생활인의 삶의 찬가다. 생동감이 넘치는 삶의 현장이다. 생명이 약동하는 완전한 긍정의 세계다. 인간의 삶을 이끄는 원동력이 펄펄 넘치고, 언제나 출발이 가능하며, 자신감이 충만한 희망의 공간이다. 시의 조탁이 좀 서투른

데가 없지는 않다. 그러나 '막차 떠나면 새벽엔 첫차가 오듯/ 우리 인생도 되돌아보면 그런 것 아니냐' 같은 대문은 어느 듯 이순의 나이 인간 한영호의 인생관이 집약된, 그러면서 비약 의 기법으로 그런 인생관조의 시상을 압축하고 있다. 이런 시 의식은 삶의 희로애락을 스타카토stacato조의 가락에 실어 독자 와의 눈높이를 맞추고 있는 〈인생은 가감승제〉와 같은 작품, 그리고 지구를 두 바퀴 돌만큼 험한 길을 누비고 다닌 자기의 누비라 승용차를 애마라며 예찬하는 〈애마의 종합검사〉에도 잘 나타난다.

시인 한영호는 곧 정년퇴직을 한다고 한다. 그러면 더 열심 히 시를 쓰겠다고 했다. 문학에 대한 강한 애정과 집념 때문이 리라. 그의 인생 후반기가 문학으로 인해 윤택하고, 더 생기에 넘치고, 그래서 그의 시가 한 시대를 대표하는 작품으로 심화 되기를 충심으로 빈다.

바람은 아름다워라

초판인쇄 2014년 2월 21일
초판발행 2014년 2월 28일

지은이 | 한영호
펴낸이 | 서영애
펴낸곳 | 대양미디어
등록 | 2004년 11월 8일 제2-4058호
주소 | 서울시 중구 충무로5가 8-5 삼인빌딩 303호
전화 | 02-2276-0078
팩스 | 02-2267-7888
전자우편 | sdanbi@kornet.net

값 | 10,000원
ISBN 978-89-92290-72-2 03810

* 파본은 교환하여 드립니다.

이 도서의 국립중앙도서관 출판시도서목록(CIP)은 서지정보유통지원시스템 홈페이지
(http://seoji.nl.go.kr)와 국가자료공동목록시스템(http://www.nl.go.kr/kolisnet)에서
이용하실 수 있습니다.(CIP제어번호 : CIP2014004996)